La nouvelle sœur de Gaspard

La nouvelle sœur de Gaspard

Sylvie Khandjian

CAR
ACT
ÈRE

Mise en pages : Bruno Paradis
Illustrations : Patrick Bizier
Révision : Marie-Christine Picard
Correction d'épreuves : Anik Tia Tiong Fat
Imprimé au Canada

ISBN 978-2-89642-425-2

Dépôt légal — Bibliothèque et Archives nationales du
Québec, 2011
© 2011 Éditions Caractère

Gouvernement du Québec — Programme de crédit d'im-
pôt pour l'édition de livres — Gestion SODEC

Nous reconnaissons l'aide financière du gouvernement
du Canada par l'entremise du Fonds du livre du Canada
pour nos activités d'édition.

Visitez le site des Éditions Caractère
editionscaractere.com

Chapitre 1

À cause d'elle

Gaspard est grognon ce matin. Comme chaque jour, il vient de tracer une nouvelle croix au stylo rouge sur son calendrier mural. Sauf qu'aujourd'hui, il a ensuite décidé de compter toutes les croix qu'il a déjà faites. Il en a dénombré trente et ce décompte le met de mauvaise humeur.

Trente croix, cela signifie que ses parents sont partis à l'autre bout du monde, en Inde, depuis exactement trente jours. Cela fait donc un mois que ses grands-parents sont venus vivre à la maison pour s'occuper de son petit frère Édouard et de lui.

Au début, pendant la première semaine, il trouvait génial que mamie et papi habitent à la maison. C'était différent et ça lui plaisait. Ils les laissaient regarder la télévision plus souvent et les amenaient régulièrement faire de belles sorties. Mais maintenant, après tout un mois, Gaspard commence à en avoir assez de vivre avec eux. Ce n'est plus aussi drôle qu'au début. Ses grands-parents, il les aime beaucoup, mais à force de vivre avec eux, ils finissent par l'énerver.

Et puis, ses parents lui manquent. Chaque jour, ils lui manquent un peu plus. Le pire, c'est que Gaspard ne sait pas combien de temps cela va encore durer.

Il aimerait retrouver sa vie normale ; sa vie d'il y a un mois. Le problème, c'est que sa vie ne sera plus jamais « normale » et il le sait très bien. Plus jamais sa famille ne sera composée de papa, maman, Édouard et lui, car quand ses parents rentreront – s'ils veulent bien finir par rentrer un jour –, ils ne seront pas seuls. Dans leurs bagages, ils ramèneront une petite fille : Shanti, leur nouvelle petite sœur.

Au départ, ses parents ne devaient partir que deux semaines ; le temps d'aller chercher Shanti, de remplir les derniers formulaires pour son adoption et de la ramener à la maison. Malheureusement, ils ont eu des problèmes avec l'administration indienne, ce qui a retardé leur retour. Quand ces problèmes ont fini par être réglés, alors que Gaspard croyait que ses parents allaient enfin rentrer, Shanti est tombée gravement malade et a dû être hospitalisée. Maintenant, ses parents doivent attendre qu'elle se rétablisse avant de pouvoir la faire voyager.

Gaspard en a assez d'attendre. Aujourd'hui, en ce trentième jour sans parents, Gaspard n'a plus vraiment envie de rencontrer cette nouvelle petite sœur qu'il avait pourtant si hâte de connaître.

Cela fait presque deux ans que ses parents ont entrepris d'adopter une petite Indienne, mais les démarches d'adoption internationale sont très longues et Gaspard l'a vite appris.

Un an après le début du projet, un bébé fille de huit mois, appelé Shanti, leur avait enfin été proposé. Tous les membres de la famille se réjouissaient déjà de l'accueillir et de lui faire une place dans leur cœur. Gaspard et son petit frère Édouard étaient fous de joie à l'idée d'avoir une petite sœur.

Toutefois, les mois ont passé et l'adoption ne se faisait toujours pas. Gaspard commençait à désespérer que sa sœur n'arrive jamais. Quand finalement, il y a de cela cinq semaines exactement, ses parents ont reçu le coup de téléphone tant attendu : Shanti les attendait. Elle était enfin prête à joindre leur famille.

Quelques jours plus tard, les parents ont confié Gaspard et Édouard à leurs grands-parents et se sont envolés pour l'Inde. C'était il y a un mois aujourd'hui même.

Après tous ces mois, toutes ces semaines à l'attendre, Gaspard a fini par se lasser. Depuis quelques jours, il a perdu tout intérêt pour cette petite sœur tant espérée. Il lui en veut même, à cette Shanti de malheur. À cause d'elle, il est obligé de vivre avec mamie et papi. À cause d'elle, il n'a pas vu ses parents depuis des jours et des jours. À cause d'elle, ils se sont fait abandonner, lui et Édouard. En plus, à cause d'elle, Gaspard devra bientôt quitter sa chambre pour partager celle d'Édouard.

Bref, à cause d'elle, la vie de Gaspard ne sera plus jamais la même. Alors, avant de l'avoir rencontrée et sans même la connaître, Gaspard commence déjà à détester cette petite sœur. « Si seulement mes parents pouvaient revenir les mains vides », songe-t-il en lui-même.

—Gaspard! Dépêche-toi ou tu vas rater l'autobus scolaire, lui crie mamie depuis la cuisine, coupant court à ses réflexions.

Gaspard soupire. Il n'a aucune envie d'aller à l'école, mais, à bien y penser, il a encore moins envie de passer la journée avec ses grands-parents, alors il s'habille en vitesse et descend déjeuner. Puis, après avoir embrassé mamie et papi, Édouard et Gaspard courent prendre l'autobus.

* * *

À leur retour de l'école, mamie les accueille avec un bon lait au chocolat et une tarte aux fraises. Les deux frères se ruent sur leur collation avec appétit.

—J'ai une bonne nouvelle pour vous, les garçons, leur dit mamie avec un grand sourire. Vos parents ont téléphoné ce matin et...

—Est-ce qu'ils rentrent bientôt? la coupe Édouard, impatient de savoir.

—Oui, mon grand. À l'heure qu'il est, ils sont sans doute dans un avion en route vers ici. Si tout va bien, ils seront à la maison demain après-midi, à votre retour de l'école, leur explique-t-elle.

—Youpi! crie Édouard. En se levant pour aller se jeter dans les bras de mamie, il renverse par mégarde son verre. Le lait au chocolat se répand sur les jambes de son grand frère qui sort de ses gonds.

—Tu ne pourrais pas faire attention, non ? crie Gaspard. Tu l'as fait exprès ou quoi ?

Édouard éclate en sanglots dans les bras de mamie.

—Ce n'est rien, Édouard, rien qu'un petit accident, dit mamie en caressant ses cheveux roux. Nous allons nettoyer tout cela ensemble. Quant à toi, Gaspard, sois un peu plus patient et gentil avec ton frère. J'aimerais que tu lui présentes des excuses, s'il te plaît.

—Non. Pas question ! Par sa faute, je suis mouillé et tout collant. Il n'avait qu'à faire attention. C'est à lui de s'excuser, pas à moi ! lance Gaspard avec mauvaise humeur.

—Monte immédiatement dans ta chambre, jeune homme, gronde papi de sa grosse voix. Va réfléchir un peu à ta conduite.

Gaspard ne se fait pas prier et quitte précipitamment la cuisine. Après avoir fait claquer la porte de sa chambre bien fort, il se réfugie dans son lit. Il voudrait crier, hurler, pleurer.

— Ce n'est pas juste, songe-t-il. Mon frère fait des bêtises, mais c'est moi qui suis puni. C'est vraiment trop injuste !

Tout en pleurnichant sur son triste sort, Gaspard prend son ours en peluche préféré, Nono, et le serre longuement dans ses bras. Même s'il est très usé et qu'il lui manque un œil, une oreille et une patte, Nono réussit toujours à le réconforter. Rapidement, Gaspard retrouve son calme, mais pour se sentir vraiment bien, ce qu'il aimerait par-dessus tout, c'est de sentir les bras de maman le bercer. Comme il aimerait qu'en cet instant elle soit là, auprès de lui. Elle lui manque tant !

—Maman a préféré partir chercher une petite fille à l'autre bout du monde plutôt que de rester avec ses deux fils, confie-t-il à son vieil ours. Tu imagines, Nono, papa et maman préfèrent s'occuper d'une parfaite inconnue que d'Édouard et moi.

Pourtant, depuis des mois, Gaspard et toute la famille ont activement préparé la venue de Shanti. Gaspard était toujours impatient de voir les photos et de lire les lettres envoyées par l'agence d'adoption. Il se réjouissait de faire la connaissance de cette Shanti aux yeux noir charbon et au regard triste. Être à nouveau grand frère pour cette petite sœur venue d'ailleurs le remplissait de fierté.

Cependant, aujourd'hui, à la veille de son arrivée, Gaspard a perdu toute envie de voir Shanti débarquer dans sa vie. Il n'est plus du tout impatient d'être son grand frère. Secrètement, il espère même que ses parents soient obligés de la laisser en Inde. Si seulement c'était possible...

Toc, toc, toc, entend-il cogner contre sa porte.

—Gaspard ? Est-ce que je peux entrer, mon grand ? demande mamie derrière la porte.

Gaspard soupire. Du revers de sa manche, il s'essuie les yeux et sèche ses larmes.

—Oui, oui. Entre, mamie, répond-il d'une petite voix.

—Ça va, mon grand ? Tu veux qu'on parle un peu ? lui demande-t-elle en prenant place à ses côtés sur le lit.

Mamie veut toujours parler. D'habitude, Gaspard aime bien bavarder avec elle, de tout et de rien, mais parfois, il se sent forcé de se confier à elle et cela lui déplaît. Il préférerait rester dans son coin, en silence, comme en ce moment justement, où il ne ressent aucun désir de parler. De toute manière, il sait qu'il serait bien incapable de trouver les mots pour dire tout ce qu'il ressent.

—Je peux comprendre ta colère, mon grand, commence mamie avec douceur tout en lui caressant les cheveux. Tu as tous les droits d'être en colère contre tes parents qui t'obligent à vivre avec tes vieux grands-parents énervants.

—Heu... non, ce n'est pas ça, balbutie Gaspard en rougissant.

—Tu sais, c'est normal que tu nous en veuilles, à tes parents et à ton grand-père et moi, pour ce que tu vis ces derniers temps. Ce ne doit pas être facile tous les jours, mais tu n'as pas à t'en prendre à ton petit frère. Il n'y est pour rien. Tu comprends? Édouard n'a rien à voir avec ta colère, alors ne la retourne pas contre lui, s'il te plaît.

Gaspard écoute attentivement sa grand-mère. Elle a raison et il le sait bien. Il s'en veut de s'être emporté contre Édouard. Au fond, ce n'est pas grave de renverser un verre. «Même à moi, ça m'arrive, songe-t-il. En fait, ce n'est pas à Édouard que j'en veux mais à Shanti.»

Après avoir demandé pardon à mamie, il se dépêche d'aller retrouver son frère pour s'excuser. Il en profite aussi pour s'excuser de son comportement auprès de papi.

Puis, dans la bonne humeur, la soirée se passe à ranger la maison pour que tout soit parfait pour l'arrivée des parents le lendemain. Et aussi l'arrivée de Shanti.

CHAPITRE 2

Le grand retour

En partant à l'école le lendemain matin, Gaspard a l'estomac noué. Une excitation intense s'est emparée de lui : c'est comme si des centaines de papillons lui chatouillaient l'intérieur du ventre. Dans quelques heures, il reverra enfin son papa et sa maman. Après un mois d'absence, il n'en peut plus d'attendre le moment où il pourra enfin se jeter dans leurs bras.

Gaspard aimerait que les heures passent plus vite. La journée vient à peine de commencer et pourtant, chaque minute semble durer une éternité. Il souhaiterait déjà être sur le trajet du retour alors qu'il vient tout juste de partir pour l'école.

«Je sens que la journée va être longue», soupire-t-il en descendant de l'autobus scolaire.

Il salue son petit frère, qui court rejoindre ses amis de maternelle, puis se dirige à son tour vers son groupe d'amis de quatrième année.

— Alors, elle est arrivée, ta nouvelle sœur ? lui demande Antoine avec curiosité.

Antoine est son meilleur ami. Physiquement, les deux garçons ne se ressemblent pas, mais alors là pas du tout. Gaspard est grand et mince. Sa peau est basanée et ses yeux, comme ses cheveux, sont d'un brun très foncé, tandis qu'Antoine, lui, est petit, plutôt rondelet, avec des cheveux blonds comme les blés et des yeux aussi bleus que ceux des chiens huskies.

—Non, répond Gaspard. Elle doit arriver aujourd'hui.

—C'est génial! Tu dois être super impatient, dit Antoine avec un grand sourire.

—Alors ça, non, pas du tout! lance Gaspard, énervé. J'aimerais mieux qu'elle n'arrive jamais, cette sœur de malheur. Je n'en veux plus! Si seulement mes parents pouvaient la perdre en chemin!

—Quoi? répondent ses amis en chœur, très étonnés de ce qu'ils viennent d'entendre. Depuis des mois, Gaspard leur parle de sa future sœur, et il le fait toujours avec beaucoup d'enthousiasme. C'est Shanti par-ci, Shanti par-là. Alors, pourquoi ce matin Gaspard voudrait-il que Shanti ne devienne plus sa sœur ? Ses amis restent bouche bée.

—Tu étais pourtant si impatient de nous la présenter, finit par dire Antoine. Je ne comprends pas...

Gaspard ne sait pas très bien quoi lui répondre. C'est vrai que, jusqu'à avant-hier, il avait hâte de connaître cette petite sœur. Depuis, il a toutefois réalisé tous les inconvénients que sa présence allait amener dans sa vie : finie la tranquillité, finie l'exclusivité de ses parents, finies les activités de grands en famille ! Dès demain, il y aura un bébé à la maison qui viendra tout bouleverser.

La cloche de l'école sonne le début des cours. Gaspard est soulagé. Il vient d'être sauvé par la cloche et évite ainsi de répondre à la question d'Antoine.

Comme Gaspard s'y attendait, la journée passe très lentement. Chaque cours semble durer des heures. Toutes les cinq minutes, Gaspard regarde discrètement sa montre, espérant toujours qu'au moins une demi-heure sera passée. Mais non, chaque fois, à peine quelques minutes se sont écoulées.

À 15 h 30, la cloche sonne enfin la fin de la journée. Sans attendre, Gaspard se précipite vers les autobus scolaires. Alors qu'il s'apprête à grimper dans son autobus, son ami Antoine l'arrête.

—Bonne chance avec ta petite sœur, lui dit-il avec un sourire timide. Je suis certain que tu vas l'aimer. Allez, salut et à demain.

—C'est ça, salut, répond Gaspard. Et ça m'étonnerait que je l'aime, marmonne-t-il en lui-même. Je ne lui laisserai pas ce plaisir. Je ne me ferai pas avoir.

* * *

Le trajet jusqu'à la maison paraît bien plus long que d'habitude ; comme si tous les feux de circulation s'étaient donné le mot pour passer au rouge devant l'autobus scolaire.

—Dis, Gaspard, chuchote son petit frère qui est assis à ses côtés. Te rends-tu compte que maman et papa seront à la maison pour nous accueillir ?

—Oui, je sais. J'ai tellement hâte de les revoir, soupire Gaspard qui ne peut retenir sa joie.

—Oh oui, moi aussi! lance Édouard. Et je suis si curieux de voir Shanti! Je me demande comment elle est. Tu crois qu'elle a beaucoup changé depuis la dernière photo?

—Je n'en sais rien et je m'en fiche complètement, répond Gaspard d'un ton bourru.

—Ah bon? Tu n'es pas pressé de la voir? demande Édouard, les yeux ronds d'étonnement.

—Non. Pas du tout. Et si tu veux vraiment le savoir, je n'ai carrément aucune envie de la rencontrer, lui avoue Gaspard.

Le reste du trajet se passe dans un silence de plomb. Édouard est surpris de l'attitude de son grand frère. Il aimerait comprendre ce qui a bien pu se passer pour qu'il ne veuille plus connaître Shanti. Depuis des mois, ils attendent tous les deux ce jour avec impatience. Édouard est plus excité que jamais à l'idée d'enfin la prendre dans ses bras et de devenir grand frère à son tour, mais il est déçu de voir que ce n'est pas le cas de son grand frère.

L'autobus s'arrête devant leur maison. Les deux frères saluent leurs amis, puis se dirigent rapidement chez eux. Sur le pas de la porte, alors qu'il s'apprête à l'ouvrir, Gaspard s'arrête, la main sur la poignée.

—Dépêche-toi! le presse Édouard en le poussant du coude. Allez, ouvre!

Tout à coup, Gaspard a peur de ce qui l'attend de l'autre côté de la porte. Si jamais ses parents avaient tellement aimé leur voyage en Inde qu'ils souhaitaient maintenant s'y installer ? Si jamais ils n'avaient pas assez d'amour dans leur cœur pour trois enfants ? S'ils préféraient Shanti à Édouard et lui ?

Et si, et si, et si... Les questions se bousculent dans la tête de Gaspard et il a peur d'ouvrir cette porte, car il sait qu'une fois ouverte, sa vie basculera à jamais et pour toujours.

Après une profonde inspiration, il pousse enfin la porte.

Le silence règne dans la maison. Personne n'est là pour les accueillir. Gaspard est terriblement déçu. Il s'attendait à un comité d'accueil, à des cris de joie, à des embrassades, à ce que ses parents se jettent dans ses bras. Au lieu de cela, les deux frères découvrent une maison vide et silencieuse.

—Hou, hou! Il y a quelqu'un? crie Édouard.

Pas de réponse. Les garçons s'inquiètent. Où sont donc leurs parents et grands-parents? Sans parler de la fameuse petite sœur... Ils se mettent à leur recherche. Personne dans la cuisine. Personne dans le salon. Personne dans la salle de lecture non plus et aucun bruit ne provenant de l'étage. Ce n'est pas normal. Tout ce silence est désagréable.

Gaspard a un mauvais pressentiment: il est sans doute arrivé quelque chose de grave. Peut-être que l'avion s'est écrasé?

Peut-être que papi a fait une nouvelle crise cardiaque? Son cœur s'emballe et sa gorge se noue. Plus il y pense, plus il est persuadé qu'une catastrophe s'est produite.

Soudain, Édouard s'écrie:

—Ils sont dans la cour! Regarde là-bas!

Sans attendre, il court rejoindre le petit groupe à l'extérieur. Gaspard soupire de soulagement en apercevant les quatre adultes assis sur le patio. Malgré ses doutes et ses inquiétudes, il est impatient de se blottir dans les bras de ses parents, de les sentir tout contre lui et d'entendre leurs voix. Ils lui ont tant manqué!

—Oh! Mes petits hommes! s'écrie maman en les serrant tous les deux si fort contre elle qu'ils manquent d'étouffer.

Que je suis heureuse de vous retrouver ! Laissez-moi voir comme vous êtes beaux, dit-elle en reculant pour les admirer pendant que ses fils reprennent leur souffle. Qu'est-ce que vous m'avez manqué, mes amours !

De nouveau, elle les enlace très fort, comme si elle craignait qu'ils ne s'en aillent.

— Laisse-les un peu respirer, ma chérie ! lance papa en les rejoignant. Tu vas finir par les étouffer avec tout cet amour. C'est incroyable ce que vous avez grandi en un mois, vous deux ! Vous êtes devenus de vrais hommes, ma foi !

Les baisers, les câlins et les mots doux fusent de toutes parts. Grands-parents, parents et enfants savourent

ces retrouvailles. C'est un moment de bonheur partagé. Gaspard aimerait que cela dure encore longtemps, tant il est heureux en cet instant.

Le charme est malheureusement subitement rompu. Édouard pose la question tant redoutée par Gaspard, celle qu'il souhaitait ne jamais entendre.

—Et Shanti, où est-elle? demande-t-il en regardant partout autour de lui.

Gaspard voudrait pouvoir se boucher les oreilles. Ne pas entendre. Ne pas savoir. Faire comme si elle n'existait pas, comme si elle n'avait jamais existé.

—Elle dort à poings fermés dans notre chambre, répond papa. Le voyage a été extrêmement long et pénible pour elle, encore plus que pour nous.

—Oui. Elle a beaucoup pleuré et très peu dormi depuis hier, reprend maman. Sans compter qu'elle subit aussi les effets du décalage horaire. Peut-être qu'elle se réveillera avant que vous n'alliez vous coucher. Vous pourrez alors la rencontrer. Mais franchement, j'espère plutôt qu'elle va dormir jusqu'à demain matin.

Quelle bonne nouvelle pour Gaspard! Il va pouvoir profiter encore un peu de ses parents sans que Shanti ne vienne les déranger. Son bonheur est cependant de courte durée: voilà que maman leur propose d'aller jeter un œil sur leur petite sœur. Gaspard sent monter une vague de colère en lui. Il ne veut absolument pas la voir, celle-là, et il est fatigué d'entendre parler d'elle. Mais déjà, Édouard s'écrie joyeusement:

—Oh oui! J'adorerais voir de quoi elle a l'air. Elle a dû beaucoup grandir depuis les dernières photos. On y va, maman?

—On y va, mon grand! répond-elle avec enthousiasme, mais ne fais pas de bruit, s'il te plaît, il ne faudrait surtout pas la réveiller. Tu viens, Gaspard? demande-t-elle en se tournant vers son fils aîné.

—Non merci, répond-il. Je préfère garder la surprise pour demain, quand elle sera réveillée, ment-il, même s'il n'a aucune envie de la voir se réveiller. Ni aujourd'hui, ni demain matin, ni jamais, d'ailleurs.

—Comme tu voudras, lui répond maman en montant l'escalier sur la pointe des pieds, main dans la main avec Édouard.

Gaspard court se réfugier dans sa chambre. Il ne veut surtout pas voir le visage émerveillé de son petit frère quand il sortira de la chambre des parents. Et il ne veut plus entendre parler de Shanti pour l'instant. Il préfère se plonger dans ses devoirs et ses leçons pour l'oublier.

Comme maman l'espérait, la soirée se passe sans que la petite ne se réveille. Gaspard peut donc amplement profiter de la présence de ses parents et de ses grands-parents. Gaspard savoure ce moment, car il sait trop bien que désormais il n'y en aura plus très souvent.

Chapitre 3

La fameuse Shanti

« Je n'ai pas besoin de faire de croix ce matin, se réjouit Gaspard en éteignant son réveille-matin. C'en est fini des croix, et pour toujours, maintenant que papa et maman sont de retour. »

Gaspard est heureux, il a le cœur à la fête. En deux temps trois mouvements, il s'habille, puis descend à la cuisine au pas de course.

Là, il s'arrête brusquement. Sa bonne humeur vient de s'envoler. Devant lui,

Édouard, ses parents et ses grands-parents sont assis autour de la table. Sur les genoux de maman se tient une petite fille à la chevelure noire en bataille.

En entendant les pas précipités de Gaspard, elle a tourné la tête dans sa direction. Elle plonge ses yeux sombres dans ceux de son frère, puis elle se met à pleurer à chaudes larmes en se cachant dans le cou de maman pour ne plus le voir. Maman la berce tendrement et lui présente son grand frère, mais Shanti continue de pleurer sans le regarder.

« Quel bel accueil ! songe Gaspard en lui-même. On dirait qu'elle sait déjà que je ne l'aime pas. C'est étrange, peut-être qu'elle le sent vraiment. »

—Viens, mon grand, entre, lui dit papa. Ne t'en fais pas, Shanti est comme ça avec tout le monde. Elle a peur des nouveaux visages et, ces derniers temps, on peut dire qu'elle en a vu beaucoup. Laisse-lui le temps de s'habituer au tien.

Gaspard s'assied en acquiesçant et se plonge immédiatement dans son bol de céréales. Il feint l'indifférence vis-à-vis de Shanti. Pourtant, il ne peut s'empêcher de l'observer en douce, du coin de l'œil.

Elle est plus grande qu'il s'y attendait. Sur les dernières photos de l'agence d'adoption, elle ressemblait encore à un bébé. Gaspard se dit que bien des mois ont passé depuis ces photos alors qu'il découvre une petite fillette de presque deux ans, maigrelette et méfiante. Par contre, il remarque que ses grands yeux noirs semblent aussi tristes que sur les photos. Sa chevelure charbon est tout ébouriffée et sa peau cuivrée est marquée de petits boutons et de cicatrices.

—Je trouve que Shanti te ressemble, Gaspard, déclare soudainement Édouard. Vous êtes tous les deux très bruns, même si elle est plus foncée que toi. On dirait vraiment que vous êtes frère et sœur. Pas comme moi, soupire-t-il tristement.

Comme la plupart des roux, Édouard a une peau claire parsemée de taches de rousseur et ses yeux sont verts. Maman dit qu'il ressemble à un vrai petit Irlandais, comme ses grands-parents maternels, tandis que Gaspard a plutôt hérité du sang italien de son papa.

—C'est vrai qu'elle te ressemble, approuve papa.

—Ah bon ! Si vous le dites, dit Gaspard sans relever les yeux de son bol de céréales.

—On dirait que ça ne te fait pas plaisir, remarque maman, intriguée.

—Heu... non, non, bafouille-t-il. Ça m'est seulement égal, c'est tout. Bon, il faut qu'on se dépêche pour ne pas rater l'autobus, dit-il pour changer de sujet.

—Pas besoin ! Papa nous amène à l'école ce matin, dit Édouard tout en chatouillant Shanti qui éclate de rire. Ils semblent déjà très complices.

Cette nouvelle ne réjouit pas Gaspard. Il n'a aucune envie de rester plus longtemps à la maison.

—Moi, je vais y aller en autobus, lance-t-il en se levant.

—Pourquoi ? s'étonne maman. D'habitude, tu es content quand papa vous amène à l'école.

—Oui, mais aujourd'hui, je dois réviser un devoir avec Antoine dans l'autobus, ment Gaspard pour quitter la maison rapidement.

—Mais il n'est même pas dans le même autobus que nous ! s'exclame Édouard, les sourcils froncés.

—Avec François, alors, rétorque Gaspard en lançant un regard noir à son petit frère. Je me suis simplement trompé de prénom.

Après avoir embrassé tout le monde, sauf Shanti qui s'est remise à pleurer en croisant son regard, Gaspard part prendre son autobus.

Arrivé à l'école, il est soulagé de constater qu'Antoine est absent. Comme ça, il ne sera pas obligé de répondre à toutes ses questions à propos de sa nouvelle sœur. Quelle chance !

Si la journée de la veille a passé bien trop lentement, celle d'aujourd'hui paraît défiler en accéléré. Gaspard ne voit pas le temps passer et c'est avec regret qu'il entend le son de la dernière cloche. Il va maintenant devoir rentrer à la maison et n'aura pas le choix de faire plus ample connaissance avec Shanti.

À son plus grand étonnement, Shanti dort quand Édouard et lui arrivent à la maison. Maman leur explique qu'avec le décalage horaire, elle est encore déboussolée dans ses heures de sommeil. « Tant mieux, songe Gaspard. Pourvu que ça dure ! »

—Où sont mamie et papi ? demande Édouard.

—Ils sont rentrés chez eux, répond papa. Ils sont ravis du mois passé avec vous et vous embrassent très fort.

—On ira sûrement les voir en fin de semaine, dit maman.

Gaspard accueille cette nouvelle avec bonne humeur. D'abord, il adore aller chez ses grands-parents, qui vivent dans une belle maison à la campagne. Mais surtout, la maison retrouve à présent un peu de normalité. La famille est réunie, et tant que Shanti dort, Gaspard peut faire semblant que rien n'a véritablement changé.

En se couchant ce soir-là, Gaspard se dit que, finalement, ce n'est pas si difficile d'avoir une nouvelle sœur. Elle ne prend pas autant de place dans sa vie qu'il le craignait. Il s'est probablement inquiété pour rien et s'endort le cœur léger.

CHAPITRE 4

Une semaine d'enfer

Des hurlements réveillent Gaspard au beau milieu de la nuit. « Que se passe-t-il ? » se demande-t-il, inquiet, en s'asseyant dans son lit.

Les cris redoublent d'ardeur, alors il se lève et sort de sa chambre pour connaître la cause de ce vacarme. Les cris proviennent de la chambre de ses parents. Comme la porte est ouverte et qu'il y a de la lumière, Gaspard s'approche en silence.

Il s'arrête sur le pas de la porte, stupéfait. Devant lui, Shanti est assise sur le grand lit de leurs parents. Elle a les yeux écarquillés mais son regard est vide, comme si elle ne voyait rien. Elle pleure et hurle à pleins poumons. Maman est assise à côté d'elle et lui chuchote doucement de gentilles paroles pour l'apaiser, mais dès qu'elle la touche, Shanti se met à crier de plus belle.

Gaspard est très impressionné. Il se demande ce qui arrive à Shanti. Elle est affolée et semble réellement souffrir le martyre.

— Qu'est-ce qu'elle a, Shanti ? demande-t-il à ses parents. Elle a mal quelque part ?

Papa lui explique qu'elle fait simplement une terreur nocturne. Ça ressemble à un cauchemar, sauf que Shanti dort encore ; malgré ses yeux ouverts, elle n'est pas réveillée et contrairement à un cauchemar, elle ne se souviendra de rien demain matin. Papa dit que c'est une forme de somnambulisme, mais qu'au lieu de se promener dans la maison, la personne est prise de terreur et se met à hurler. C'est pour cela qu'on appelle ça une « terreur nocturne ».

Gaspard n'en revient pas ! Il n'arrive pas à croire que Shanti dort en ce moment même. Ses yeux sont pourtant rivés aux siens, mais son regard est étrange, comme si elle ne le voyait pas. Gaspard n'aime pas du tout ce regard ; il lui donne la chair de poule. Et tous ces hurlements le mettent mal à l'aise et lui glacent le sang.

—Va te recoucher, mon bonhomme, lui conseille papa, sinon tu seras fatigué en classe demain.

—Est-ce qu'elle va crier encore long-temps comme ça ? demande Gaspard. On ne peut pas faire quelque chose pour qu'elle arrête ?

—Malheureusement non, murmure maman. Il n'y a rien à faire sinon d'attendre que la crise se passe. Ne t'en fais pas, elle finira par se recoucher. Tu sais, toi aussi tu nous as fait de sacrées terreurs nocturnes quand tu étais petit.

—Ah bon ? s'étonne Gaspard.

—Oh oui, je m'en souviens très bien, ajoute papa. C'est un phénomène fréquent chez les petits. Heureusement, ça finit par passer. Bonne nuit, mon grand !

—Bonne nuit !

Gaspard tarde à s'endormir même s'il tombe de sommeil. Shanti crie toujours, ce qui l'empêche de fermer l'œil. Il se demande ce qui peut bien se produire dans sa tête quand elle est dans cet état. Ça l'intrigue. Il espère que Shanti n'aura pas d'autres crises.

* * *

Malheureusement pour Gaspard, les nuits se suivent et se ressemblent. Chaque soir, le même scénario se reproduit : Gaspard est tiré du sommeil par les cris de terreur de sa sœur. Il en a assez. Il aimerait que ses crises cessent pour pouvoir dormir normalement, d'un bout à l'autre de la nuit.

Si les deux premiers jours Gaspard trouvait que Shanti ne prenait pas autant de place dans sa vie qu'il le craignait, ce n'est plus le cas à présent. Même plus du tout. La vie de Gaspard a radicalement changé et tout est de la faute de cette satanée petite sœur.

À cause de ces fameuses crises nocturnes, Gaspard dort mal et se sent de plus en plus fatigué. Il jalouse Édouard qui dort d'un sommeil de plomb et ignore tout des crises de Shanti.

De plus, sa petite sœur se montre toujours aussi méfiante à son égard. Soit elle pleure, soit elle court se réfugier dans les bras de maman quand Gaspard est dans la même pièce qu'elle. C'est comme si elle ne voulait pas le voir ou qu'elle avait peur de lui.

Bien qu'il continue de jouer l'indifférent, Gaspard est chagriné par le comportement de Shanti. Quand il la regarde s'amuser et rire avec Édouard, il ressent des petits pincements de jalousie au cœur. S'il fait semblant que cela lui est égal, mais en vérité, cela le désole.

En plus, il ne peut pas en parler à maman, car elle n'est plus du tout disponible pour lui. Il n'y a plus moyen de lui parler seul à seul : Shanti est toujours collée à elle. On dirait qu'elles sont inséparables, que l'une est devenue l'ombre de l'autre. Gaspard comprend que Shanti a besoin de maman, sauf que lui aussi a besoin d'elle. C'est *sa* maman aussi, non ?

Le seul moment de la journée où il se retrouve seul avec maman, c'est le soir, quand elle vient le border. Gaspard voudrait alors pouvoir arrêter le temps pour que ces instants passés ensemble durent très longtemps. Mais presque chaque fois, maman est réclamée par Shanti ou par Édouard, et le court moment de bonheur de Gaspard est rompu.

Quant à papa, il n'a pas beaucoup plus de temps à lui accorder, lui non plus. Du moins, pas suffisamment au goût de Gaspard. Depuis son retour, ils n'ont pas encore joué une seule partie de soccer ensemble ni bricolé comme à leur habitude. Pourtant, Gaspard le lui propose régulièrement, mais papa n'a jamais le temps : il doit faire le souper, ou la lessive, ou le ménage, ou donner le bain à Shanti ou aller faire les courses. Bref, il a toujours une bonne excuse pour ne pas jouer avec lui.

Le pire, c'est qu'Édouard aussi s'est éloigné de Gaspard. Depuis que Shanti est là, il n'a d'yeux que pour elle. Il passe son temps à lui inventer des jeux, à lui raconter des histoires et à la câliner. Quand Gaspard l'invite à jouer avec lui, Édouard lui répond invariablement qu'il est occupé avec leur petite sœur.

Chaque jour qui passe, Gaspard se sent donc un peu plus seul, un peu plus abandonné. Toute sa famille le délaisse. Il a l'impression que tout le monde préfère être en compagnie de Shanti plutôt qu'être avec lui.

Il était mieux avec papi et mamie, finalement. Eux, au moins, prenaient le temps de jouer avec lui et s'intéressaient à ses journées. Gaspard n'en revient pas de regretter le temps où papi et mamie vivaient à la maison.

— Peut-être que je devrais aller vivre avec mamie et papi ? dit-il à Nono, un soir. Personne ne s'intéresse plus à moi ici à part toi, bien sûr ! C'est comme si je n'existais plus. On dirait que Shanti a pris ma place dans la famille. D'ailleurs, elle prend toute la place. Même si elle est la plus petite, c'est elle qui prend le plus de place. Alors, c'est décidé, je vais déménager chez papi et mamie. Je suis sûr qu'ils accepteront de m'accueillir. De toute manière, je sais bien que personne ne me regrettera ici.

* * *

Gaspard est bien décidé à partir, et au plus vite. Il prend un gros sac de voyage et y empile en vitesse quelques vêtements, des livres et, bien entendu, son vieux Nono. Son regard se pose alors sur les photos épinglées sur son mur : des photos de lui avec ses amis, d'Édouard et lui, et plusieurs photos de famille prises en voyage. Gaspard soupire en regardant ces dernières. Il se dit qu'ils étaient si heureux alors, quand ils n'étaient que quatre, avant que cette Shanti de malheur ne débarque. Pour ne jamais oublier les merveilleux moments de cette vie passée, il décroche deux photos pour les emporter avec lui : une d'Édouard et lui déguisés en ninja et une de tous les quatre, sur une plage du Mexique.

Avec un pincement au cœur, Gaspard referme la porte de sa chambre, puis descend retrouver ses parents. S'armant de courage, il leur annonce qu'il part vivre chez ses grands-parents.

Ses parents restent bouche bée devant cette nouvelle. Ils le regardent, aba-sourdis, sans dire un mot, comme s'ils avaient perdu leur langue. Une longue minute passe, puis une autre, sans qu'aucun des deux ne prenne la parole.

Pour Gaspard, cela confirme que ses parents ne l'aiment plus. Ils auraient dû crier, protester, se fâcher contre lui ou même pleurer. Mais non, ils restent simplement plantés là, muets comme des carpes.

—Mais voyons mon grand, finit par dire papa. Il est hors de question que nous te laissions partir. Tu ne peux pas t'en aller comme ça

—Et pourquoi veux-tu partir, Gaspard? demande maman toujours aussi abasourdie. J'aimerais bien comprendre.

—Ben, heu... pour changer de famille, bégaie Gaspard, sans oser regarder ses parents, car il se sent tout petit dans ses souliers.

—Mais pourquoi? demande papa avec insistance. Il doit bien y avoir une raison. Que s'est-il passé pour que tu nous rejettes?

—Premièrement, c'est vous qui me rejetez et pas le contraire, répond Gaspard avec agressivité. Depuis que Shanti est arrivée, il n'y a plus de place pour moi: ni dans votre vie, ni dans la famille, ni même dans votre cœur.

Vous n'avez pas besoin de le nier, je le sens très bien.

—Mais non, mon Gaspard ! s'écrie maman, bouleversée par les paroles de son fils. Tu es et tu resteras toujours notre grand garçon, notre premier enfant, notre petit prince à nous. Tu es le grand frère de la famille. Pour Édouard et pour Shanti aussi. Nous vous aimons tous les trois autant.

—Eh bien, on ne dirait pas, répond Gaspard en tentant de retenir ses larmes. C'est comme s'il n'y avait plus que Shanti pour vous. Tout tourne autour d'elle, maintenant. Il n'y en a que pour elle. Oh, bien sûr, vous aimez encore Édouard puisqu'il est toujours aux petits oignons avec elle. Et moi, alors ? s'emporte Gaspard en montant sur ses grands chevaux. Vous faites tous comme si je n'existais plus. Personne ne veut jouer avec moi, personne ne veut passer du temps rien qu'avec moi et personne ne se rend compte que cela me fait beaucoup de peine. Vous vous fichez tous de moi. Vous préférez avoir une petite sœur dans la famille plutôt qu'un grand frère. Voilà pourquoi je pars vivre chez papi et mamie, et pour toujours !

Maman secoue la tête de droite à gauche, perplexe, comme si elle refuse de croire ce qu'elle entend. Quant à papa, il n'arrête pas de soupirer profondément. Tous les deux ont l'air d'être vraiment désolés des propos de leur fils aîné.

Gaspard est soulagé d'avoir vidé son sac ; il a enfin réussi à dire ce qu'il avait sur le cœur. Mais en même temps, la tristesse qu'il lit sur le visage de ses parents le fait se sentir coupable. Il s'en veut de leur causer tant de peine. À présent, il ne doute plus qu'ils l'aiment, sinon ils ne seraient pas aussi tristes en ce moment, c'est certain.

Après un long silence, papa prend enfin la parole.

— Voilà ce que je te propose, Gaspard, dit-il. Tu pourras aller passer la fin de semaine chez papi et mamie. Je t'emmènerai là-bas demain après l'école et dimanche soir, comme ils viennent de toute façon souper ici, ils pourront te ramener par la même occasion. Je pense que cela te fera du bien de te retrouver un peu seul et d'avoir tes grands-parents rien que pour toi. Qu'en dis-tu, mon grand?

Gaspard réfléchit. Au fond, il ne souhaite pas réellement déménager là-bas pour toujours. Maintenant qu'il a réussi à dire à ses parents comment il se sent, son urgence de partir l'a quitté. À vrai dire, il préfère aller passer deux nuits chez ses grands-parents plutôt que toute sa vie.

— C'est d'accord, approuve Gaspard.

— Parfait, mais j'aimerais bien qu'on parle un peu plus de ce que tu viens de nous dire, mon petit homme, dit maman, en lui faisant signe de venir s'asseoir à ses côtés. Tu as entièrement raison, nous passons beaucoup de temps à nous occuper de Shanti, papa et moi, mais tu dois comprendre que cette situation est normale et temporaire. Ce ne sera pas toujours comme ça. Pense un peu à tout ce qu'a vécu

Shanti ces derniers temps, sa vie n'arrête pas d'être bouleversée. Il y a un mois, elle vivait à l'orphelinat où elle a toujours vécu. Puis, du jour au lendemain, elle s'est retrouvée avec ton père et moi, deux parfaits inconnus, à vivre dans une chambre d'hôtel. Tout un changement! Ensuite, comme tu le sais, elle est tombée gravement malade à cause du paludisme[1] et a passé plusieurs jours à l'hôpital avant de pouvoir revenir à l'hôtel avec nous. Et maintenant, la voilà parachutée à l'autre bout du monde, dans un environnement

1. Le paludisme, aussi appelé malaria, est une maladie très fréquente dans les pays chauds et humides qui est transmise par une piqûre de certains moustiques. La personne atteinte a beaucoup de fièvre, des frissons, des nausées, des maux de tête, etc. Généralement, cette maladie se soigne bien si elle est détectée à temps, mais dans de nombreuses régions où les gens n'ont pas accès à la médecine, elle peut être très dangereuse et même causer la mort.

totalement différent du sien, avec deux nouveaux grands frères. Te rends-tu compte de tous les bouleversements que cette petite vit ?

Gaspard est honteux. Il n'a pas vraiment réfléchi à tout ça. Jamais il ne s'est imaginé ce que Shanti pouvait vivre. Centré sur sa propre douleur et sur les bouleversements de sa vie à lui, il n'a pas pris la peine de se mettre dans les souliers de Shanti. Comme il se sent coupable à présent d'avoir été aussi égoïste ! Il se fait la promesse que dorénavant Shanti pourra compter sur lui et qu'il deviendra le meilleur des grands frères pour elle.

CHAPITRE 5

Peine perdue

Gaspard revient ragaillardi de sa fin de semaine chez ses grands-parents. Ces deux jours en solitaire là-bas lui ont fait le plus grand bien. Comme à son habitude, mamie a voulu que Gaspard lui parle de ce qu'il vivait. Et pour une fois, Gaspard s'est confié à elle de bon cœur. Il lui a expliqué comment il se sentait depuis la venue de Shanti, comment il s'est senti rejeté des siens. Il n'a pas caché qu'il avait maintenant honte de son comportement et qu'il était prêt à changer.

Mamie lui a alors raconté comment sa maman à lui avait réagi à l'arrivée de sa propre sœur, il y a de cela bien des années. Maman avait trois ans et demi quand Nathalie, sa petite sœur, est née et se réjouissait depuis des mois de devenir une grande sœur. Les premiers temps, après la naissance de Nathalie, sa maman était une vraie petite mère pour sa sœur. Elle lui donnait le bibe-ron, l'embrassait et la cajolait sans cesse. Quand Nathalie pleurait, elle la berçait. Quand Nathalie dormait, elle la regardait dormir durant de longues minutes.

Tout allait à merveille, jusqu'au jour où elle a regardé sa mère dans les yeux et lui a demandé :

— Maman, je ne veux plus de Nathalie. Est-ce qu'on pourrait la mettre à la poubelle ou la donner à quelqu'un d'autre ? a-t-elle dit le plus sérieusement du monde.

Évidemment, mamie a refusé en lui expliquant que Nathalie resterait sa petite sœur pour toute la vie. Maman a alors essayé par tous les moyens de faire payer à Nathalie sa venue au monde. Dès que mamie avait le dos tourné, elle la mordait, la pinçait ou la tapait. Elle a même tenté de l'échanger à sa voisine Simone contre une jolie poupée, mais la maman de Simone a bien sûr refusé. Bref, Mamie ne pouvait plus s'éloigner de Nathalie de peur que sa grande sœur ne lui fasse encore un mauvais coup.

Cette situation avait duré un certain temps. Mamie et papi étaient toujours aux aguets, se méfiant de ce que leur fille aînée allait encore inventer pour attirer l'attention. Après quelques semaines plutôt pénibles, maman a fini par accepter le fait que Nathalie ne s'en irait pas et qu'elle serait dans sa vie pour toujours.

— À partir de ce moment-là, a raconté mamie, ta mère et Nathalie sont devenues inséparables. Et tu vois, aujourd'hui encore, elles sont très proches l'une de l'autre.

Gaspard a bien ri en entendant cette histoire. Dire que maman a voulu jeter sa sœur à la poubelle ! Elle était bonne, celle-là !

* * *

À son retour à la maison, c'est donc avec une attitude complètement différente qu'il entreprend cette nouvelle semaine avec Shanti. Pour se faire pardonner, le lundi matin, il prépare même le petit-déjeuner pour toute la famille.

Toutefois, quand Shanti voit Gaspard s'approcher d'elle pour lui donner une tartine, elle se met à hurler et fond en larmes. Gaspard soupire, plutôt déçu par cet accueil.

—Ne t'en fais pas, tente de le rassurer maman. Shanti ne t'a pas vu de tout le week-end et voilà que tu ressurgis. En plus, ajoute-t-elle avec un sourire taquin, pour une fois, tu es gentil avec elle. Elle n'est pas habituée à ça de ta part !

Gaspard sourit à son tour. Shanti finira bien par s'habituer à lui. Ce n'est qu'une question de jours ; du moins, l'espère-t-il.

Malheureusement pour Gaspard, les jours, puis les semaines, passent, mais toutes ses tentatives de faire sourire sa petite sœur échouent systématiquement.

Pauvre Gaspard ! Il commence à désespérer. Il a beau faire des efforts pour être gentil, attentif et délicat avec elle, c'est toujours la même histoire : Shanti pleure encore et encore quand son grand frère lui démontre de l'attention.

— Je crois bien que Shanti ne m'aime pas, confie un jour Gaspard à sa maman. Je ne sais plus quoi inventer pour qu'elle ne pleure pas quand elle est avec moi.

— Je sais que ce n'est pas facile pour toi, mon grand, mais ne désespère surtout pas, tes efforts finiront par porter des fruits. Te souviens-tu du livre *Le Petit Prince* ?

—Oui, bien sûr, répond Gaspard, qui adore cette histoire. C'est Antoine de Saint-Exupéry qui l'a écrit.

—Exactement. Te souviens-tu de ce que le renard conseillait au Petit Prince ?

—Heu, attends que je réfléchisse, répond Gaspard en fouillant dans sa mémoire. Je crois qu'il lui disait qu'il devait l'apprivoiser.

—Quelle bonne mémoire tu as ! le félicite maman. En effet, le renard explique au Petit Prince que, pour être amis, ils doivent d'abord s'apprivoiser l'un l'autre ; et que, pour s'apprivoiser, il faut se laisser du temps. Eh bien, c'est la même chose avec ta petite sœur. Laisse-lui le temps de se faire apprivoiser.

—Je veux bien, mais est-ce que ça va être encore long? demande Gaspard. À force de la voir toujours pleurer, je commence à me décourager.

—Je te comprends, mon grand, mais s'il te plaît, ne te décourage pas. Oui, ça peut être long. Je suis toutefois certaine que tu finiras par conquérir le cœur de ta petite sœur. Je n'ai aucun doute là-dessus.

Gaspard aimerait tant croire sa maman. Sa patience est pourtant mise à rude épreuve. Chaque jour, il invente de nouvelles stratégies pour amadouer Shanti, mais chaque fois, ses tentatives échouent. Il a l'impression d'avoir tout essayé, vraiment tout. Avec ses économies, il lui a même acheté une jolie poupée qui parle. Mais quand, rempli de fierté, il la lui a offerte, Shanti s'est une fois de plus mise à hurler et a jeté la poupée loin d'elle.

C'en est trop pour Gaspard. C'est la goutte qui fait déborder le vase, comme dirait papa. Il a beau être patient, il y a des limites à se faire tout le temps rejeter de la sorte. Alors, un matin, il prend la décision de ne plus s'intéresser à Shanti. Il a suffisamment fait preuve de bonne volonté, a tenté par divers moyens de l'apprivoiser et a été plus que patient. À présent, il ne veut plus faire d'efforts, car il sait que, de toute manière, cela ne servira à rien.

« Si Shanti ne veut pas se laisser apprivoiser, alors tant pis pour elle, se dit-il mi-déçu, mi-fâché. J'ai fini de perdre mon temps avec elle. J'ai fait ma part. C'est à son tour maintenant de faire des efforts. Moi, j'abandonne la partie. »

CHAPITRE 6

La véritable histoire de Shanti

Depuis que Gaspard a décidé de se désintéresser de sa petite sœur, celle-ci pleure de moins en moins souvent en sa présence. Parfois, on dirait même qu'elle lui sourit, mais pour Gaspard, il est trop tard. Il n'a plus aucune envie de chercher à l'apprivoiser. Au contraire, il recommence à l'ignorer.

Étrangement, cette tactique semble avoir l'effet contraire. Shanti commence même à montrer de l'intérêt pour Gaspard. Elle le regarde souvent, curieuse de ce qu'il fait. Parfois, elle va même jusqu'à s'asseoir à ses côtés et reste plantée là, en silence, ses yeux noirs rivés sur son grand frère.

Gaspard continue de jouer l'indifférent. Même si au fond de son cœur il est heureux que Shanti s'intéresse à lui avec curiosité, il ne veut pas se l'avouer, alors il blinde son cœur d'une carapace pour ne pas se laisser attendrir. Après tous les efforts qu'il a mis à vouloir l'apprivoiser et toutes les défaites qu'il a essuyées, il n'est pas prêt à pardonner à sa petite sœur toute la peine et les dérangements qu'elle lui cause depuis son arrivée.

Pourtant, chaque jour, Shanti tente de se rapprocher de ce grand frère inaccessible. Et un jour, alors qu'Édouard et Gaspard rentrent de l'école, Shanti court les accueillir en criant :

—*Doua! Gaspa! Doua! Gaspa!*

C'est la première fois que Shanti parle. Enfin, qu'elle parle en français, car quand elle parle, ce qui est plutôt rare, elle le fait toujours en hindi.

—Vous rendez-vous compte, les garçons? lance maman, émue de bonheur. Votre sœur vous a appelés par vos prénoms!

—Oui! C'est incroyable! s'exclame Édouard en soulevant sa sœur et en la faisant tournoyer, dans de grands éclats de rire. Bravo, Shanti!

Puis, il la repose délicatement par terre après l'avoir embrassée. Tout étourdie d'avoir tant tourné, elle s'accroche à la jambe de Gaspard pour ne pas perdre l'équilibre. Gaspard est sidéré. C'est bien la première fois que Shanti le touche sans pleurer. Il n'ose pas bouger. Il n'ose pas non plus la regarder, de peur qu'elle n'éclate en sanglots. Alors, il reste là, bras ballants, à regarder au loin et ne voit donc pas Shanti lui tendre les bras en souriant à pleines dents.

—Dis donc, Gaspard, je crois bien que ta sœur aimerait être dans tes bras, lui dit maman, ravie.

—Ah bon? répond Gaspard d'un ton neutre. C'est dommage parce que j'ai mal au dos, ment-il, alors qu'il meurt d'envie de serrer enfin Shanti dans ses bras.

Trop orgueilleux, Gaspard s'éloigne pour ne pas laisser paraître les sentiments qui se mêlent en lui. S'il est heureux, fier et même soulagé que Shanti finisse par faire les premiers pas vers lui, il lui en veut encore de l'avoir si souvent repoussé et d'avoir tant bouleversé sa vie.

—Gaspard, lui dit maman, il faut qu'on se parle tous les deux. Édouard, pourrais-tu aller jouer avec Shanti, s'il te plaît ?

Gaspard regarde Shanti et Édouard s'éloigner main dans la main. Il pousse un profond soupir, car il sait très bien que maman va lui faire la morale. Elle va sans aucun doute lui dire que son comportement avec sa petite sœur est inadmissible, qu'il faut qu'il fasse preuve de bonne volonté, qu'il fait preuve d'égoïsme et joue à l'enfant gâté, etc.

À sa grande surprise toutefois, maman ne lui fait aucun reproche. Elle souhaite simplement lui parler de la vie de Shanti avant son adoption.

Même si Gaspard joue l'indifférent, il est curieux de savoir d'où vient sa petite sœur. Bien sûr, il sait déjà qu'elle est née en Inde et qu'elle vivait dans un orphelinat avant d'arriver dans sa famille, mais il n'en sait pas plus.

—Il faut que tu saches, Gaspard, que la vie des petites filles en Inde n'est pas facile, comme dans bien d'autres pays malheureusement, commence maman. Là-bas, la naissance d'une fille est rarement une bonne nouvelle. Si les parents sont toujours extrêmement fiers d'avoir un garçon, la plupart ont honte quand une femme donne naissance à une fille.

—Mais c'est injuste, s'indigne Gaspard. Ce n'est pas elle qui choisit d'avoir un garçon ou une fille.

—Tu as entièrement raison, mon grand, mais la tradition est très forte. Le problème en Inde, et ailleurs dans le monde aussi, c'est qu'il existe un système de dot.

—Qu'est-ce que c'est, le dot? demande Gaspard, intrigué.

—On dit la dot, mon chéri. En Inde, lorsqu'un homme épouse une femme, la famille de la femme doit offrir une dot à la famille du marié, c'est-à-dire des cadeaux.

Ça peut être un réfrigérateur, un télévi-
seur, une voiture ou même une maison,
beaucoup de bijoux et d'argent.

— Pourquoi est-ce que c'est la famille
de la femme qui donne la dot et pas le
contraire ? demande Gaspard, étonné.

— Dans certaines régions du monde,
en Afrique par exemple, c'est effective-
ment le contraire : la famille du marié
offre une dot à la famille de la mariée.
En Inde, on dit que c'est à la famille de
la mariée de l'offrir, même si elle doit en
plus quitter ses parents pour aller vivre
avec la famille de son époux et s'occuper de sa belle-famille. C'est une très
vieille tradition. Tu me suis ?

— Oui. Est-ce qu'ici aussi, quand on
se marie, il y a une dot ?

—Pas vraiment, répond maman. Avant, la femme accumulait un trousseau en vue de son mariage, c'est-à-dire des vêtements pour elle et pour un futur bébé, de la vaisselle, des meubles. Aujourd'hui, on peut dire que le trousseau a été remplacé par la liste de cadeaux de mariage que font les mariés. Les familles et leurs amis leur offrent ces cadeaux.

—Mais quel est le rapport avec Shanti, maman ?

—Eh bien, en Inde, à cause du système de dot, entre autres, les familles préfèrent avoir des garçons, surtout dans les familles pauvres, car elles doivent très souvent s'endetter pour la dot de leur fille.

—Ça veut dire quoi, s'endetter ?

—Ça signifie qu'elles doivent emprunter de l'argent et donc s'appauvrir encore plus. Alors, quand une petite fille naît, de nombreux parents préfèrent l'abandonner plutôt que de devoir payer une dot plus tard, surtout s'ils ont déjà d'autres filles.

—Mais c'est horrible ! s'exclame Gaspard.

—Oui, c'est une véritable tragédie. C'est d'ailleurs la raison pour laquelle ton père et moi voulions adopter une petite Indienne : parce que nous voulions un troisième enfant et parce que cette situation nous touche et nous attriste.

— Je vous comprends. Moi aussi, je trouve ça triste et vraiment injuste. Les pauvres petites filles ! Ça devrait être interdit, la dot, s'indigne encore Gaspard.

— Le pire, mon grand, c'est que le système de dot a été interdit en Inde depuis plusieurs dizaines d'années, mais c'est une coutume que les gens continuent à pratiquer, car il n'est pas facile d'arrêter les vieilles traditions.

Gaspard est sidéré de ce que maman vient de lui apprendre. Il est choqué que des petites filles soient ainsi abandonnées par leurs propres parents.

— Ta petite sœur a eu la chance d'échapper à son triste sort, Gaspard, reprend maman en le regardant droit dans les yeux. La mère biologique de Shanti, celle qui l'a portée dans son ventre, aurait simplement pu l'abandonner dans son village, comme tout le monde le lui conseillait. Pourtant, envers et contre tous, elle a préféré se rendre jusqu'à l'orphelinat, avec l'espoir que sa petite Shanti serait peut-être adoptée par une famille aimante qui prendrait bien soin d'elle. Pour ce faire, elle a dû marcher pendant trois longues journées sous un soleil de plomb, alors qu'elle venait à peine d'accoucher. J'espère que tu réalises le courage dont a fait preuve cette femme. Je voulais que tu connaisses la véritable histoire de Shanti pour que tu comprennes que ta sœur est une survivante et que nous devons tout faire pour qu'elle ait la meilleure vie possible. C'est ce que sa mère biologique souhaitait pour elle en l'abandonnant à l'orphelinat.

Gaspard acquiesce d'un mouvement de tête. Il a le cœur gros. L'histoire de Shanti le bouleverse et il est triste. Des larmes coulent le long de ses joues sans qu'il ne cherche à les retenir.

—Je m'excuse, maman, dit-il entre deux sanglots. Je ne savais pas. Je ne voulais pas être aussi méchant. C'est juste que... que...

—Ça va, mon grand, chuchote maman en caressant doucement ses joues baignées de larmes. Tu ne pouvais pas savoir. Je sais bien qu'il est difficile d'avoir une nouvelle sœur du jour au lendemain. Apprendre à partager ses parents n'est pas facile.

—Oui, mais Édouard n'a pas eu de problème à le faire, gémit Gaspard en reniflant. Dès que Shanti est arrivée, il l'a tout de suite aimée. Il lui a fait une place dans son cœur alors que moi je lui en voulais trop pour la laisser entrer dans ma vie. J'ai tellement honte de moi, maman! Si tu savais comme je m'en veux, dit-il en recommençant à pleurer de plus belle.

— C'est tout à fait normal, mon chéri, le rassure maman. Édouard rêvait depuis longtemps d'être lui aussi un grand frère, comme toi, alors que toi, tu n'en ressentais pas le besoin. Nous t'avons imposé notre choix, et à mon tour, je m'en excuse, Gaspard.

— Mais non, maman! Tu n'as pas à t'excuser. Vous avez bien fait, lui dit-il en passant ses bras autour de son cou et en la serrant très fort. Shanti a beaucoup de chance de vous avoir comme parents et moi aussi !

—Et elle a beaucoup de chance d'avoir un grand frère aussi sensible que toi, même si parfois, tu te caches derrière une grosse carapace, lui dit maman en rigolant.

—À partir de maintenant, tu peux compter sur moi, dit Gaspard solennellement. Je te promets de veiller sur Shanti et de faire en sorte que sa vie soit un véritable conte de fées, comme sa vraie maman le souhaitait.

* * *

Chose promise, chose due. Avec beaucoup de patience et de persévérance,

Gaspard a réussi à se rapprocher de Shanti, à l'apprivoiser. En fait, ils se sont apprivoisés mutuellement. Au fil des jours, une véritable complicité s'est installée entre eux.

Ils passent désormais beaucoup de temps ensemble. Si Shanti continue de jouer avec Édouard, elle réclame souvent que Gaspard se joigne à eux. Généralement, il accepte de bon cœur, et tous les trois s'inventent toutes sortes d'histoires de chevaliers et de princesses, ou de pirates sauvant une petite fille. Mais ce que Gaspard préfère faire avec Shanti, c'est de lui lire des histoires, bien confortablement installés dans son lit.

Gaspard s'est rendu compte qu'il était tout bonnement jaloux de Shanti et qu'il avait peur que ses parents ne l'aiment plus autant qu'avant. Ses craintes se sont cependant rapidement envolées après sa longue discussion avec maman. Il sait à présent que ses parents l'aimeront toujours, malgré la présence de Shanti, tout comme ils ont continué à l'aimer après la naissance d'Édouard.

Gaspard a donc fait une place pour Shanti dans son cœur ; une place qui grandit de jour en jour au point où, à présent, il n'imagine carrément plus sa vie sans Shanti.

« C'est drôle quand même, songe Gaspard, un soir, avant de s'endormir. Ma petite sœur, je l'ai longtemps espérée. Quand elle est enfin arrivée, je ne voulais plus d'elle et l'ai rejetée. Me sentant un peu coupable, j'ai cherché à l'apprivoiser, mais je me suis vite découragé. Je ne lui ai même pas laissé le temps d'apprendre à me connaître à son rythme. Qu'est-ce que j'ai été bête, quand même ! Heureusement que j'ai fini par comprendre que mes parents ne m'aimeraient pas moins à cause de l'arrivée de ma petite sœur. Aujourd'hui, je peux dire que jamais je ne la laisserai repartir, ma petite Shanti, ma sœurette d'amour. Je suis si heureux et chanceux de l'avoir ! »

CHAPITRE 7

Un devoir qui tombe à pic

Un jour, Gaspard rentre de l'école, surexcité. Madame Sophie, son enseignante, a donné un devoir dans lequel il se réjouit de se plonger. Il devra faire une présentation orale sur quelqu'un ou quelque chose qui compte énormément pour lui. Sans hésitation, Gaspard a immédiatement su qui il souhaitait présenter à ses camarades de classe : sa petite sœur Shanti, bien évidemment !

Bien qu'il ait une semaine entière pour se préparer, Gaspard se met tout de suite à la tâche. Il a tant de choses à dire au sujet de Shanti ! Les idées se bousculent dans sa tête et sa main ne va pas assez vite à son goût pour tout noter. C'est comme si son cerveau était en ébullition.

La semaine se passe donc pour Gaspard dans la préparation de son exposé oral. Lui qui a toujours détesté parler en public est pourtant impatient de le faire, cette fois-ci. Il souhaite partager avec ses amis son nouveau bonheur d'être le frère de Shanti. Il tient à leur raconter comment il a trouvé difficile de l'accepter au début et comment il a mal réagi à son arrivée. Il tient aussi à leur faire connaître le long parcours effectué pour qu'ils s'apprivoisent, Shanti et lui, afin qu'ils comprennent son bonheur et sa fierté d'avoir une aussi merveilleuse petite sœur. Puis, il veut aussi que ses amis soient au courant du destin tragique qui attend de trop nombreuses petites filles en Inde. Il veut qu'ils saisissent bien pourquoi ses parents ont adopté une petite Indienne.

* * *

Le grand jour de la présentation arrive enfin. Gaspard est tout énervé. Il connaît son texte par cœur et a d'ailleurs l'impression d'avoir passé toute la nuit à le réciter. Pour la première fois de sa vie, il ne ressent aucun stress à l'idée de parler devant toute la classe, mais une excitation intense.

Pour l'occasion, il enfile le beau costume que ses parents lui ont ramené d'Inde. Il s'agit d'une longue tunique beige brodée de fils d'or qui lui arrive aux genoux et d'un pantalon d'un ton plus clair. Pour vraiment ressembler à un Indien, il se fait même un point rouge entre les deux yeux, avec le rouge à lèvres de sa maman. Après s'être longuement contemplé dans le miroir, il descend rejoindre sa famille pour le petit-déjeuner.

—Oh! Comme tu es beau, Gaspard! s'exclame Édouard.

—Oui, tu es vraiment splendide vêtu de la sorte, acquiesce papa en faisant tourner Gaspard sur lui-même pour mieux l'admirer. Tu as sacrément fière allure.

—Un vrai petit Indien, ajoute maman.

—Comme ça, tu ressembles encore plus à Shanti que d'habitude, reprend Édouard, émerveillé.

—Merci, répond Gaspard en bombant le torse de fierté devant tous ces compliments. Au fait, maman, pourrais-tu habiller Shanti avec un de ses costumes traditionnels ? J'aimerais qu'elle éblouisse mes amis et mon enseignante. Tu veux bien ?

—Mais bien sûr, mon grand ! C'est une excellente idée. Prends le temps de manger pendant que je vais préparer ta sœur. Ensuite, je vous emmènerai à l'école tous les trois.

Gaspard n'a pas beaucoup d'appétit ce matin tant il est fébrile, mais papa l'oblige tout de même à avaler un petit bol de céréales pour avoir des forces. Puis, il finit de se préparer en attendant impatiemment sa sœur.

Son cœur bondit de fierté quand il la voit apparaître dans les bras de sa mère. Shanti est tout simplement magnifique. Maman lui a mis un superbe sari de couleur fuchsia tissé de fils argentés et l'a parée de bracelets en argent aux poignets et aux chevilles. Un petit bindi[2] blanc en forme de goutte décore son front et, pour une fois, la chevelure rebelle de Shanti est soigneusement coiffée en une jolie tresse.

---

2. Aussi appelé *tilak* ou *tika*, le bindi est un petit autocollant que les femmes hindoues posent sur leur front, entre les deux yeux.

—Elle ressemble à une princesse, lance Édouard. Je suis jaloux. Moi aussi, j'aurais aimé me déguiser, ajoute-t-il, un peu déçu.

—Une prochaine fois, on se déguisera tous les trois, si tu veux, lui propose Gaspard. Bon, on y va, maman? Je ne voudrais surtout pas arriver en retard.

—En route, les enfants!

Le trajet de la maison à l'école passe à la vitesse de l'éclair. Gaspard a à peine le temps de répéter mentalement son exposé que les voilà déjà arrivés.

En le voyant traverser le préau de l'école accoutré de la sorte en compagnie de sa mère et de sa sœur, des grands de sixième année le taquinent gentiment.

—Ce n'est pas l'Halloween aujourd'hui, lui lance un grand blond en rigolant.

—Tu es trop drôle comme ça, Gaspard ! lui dit Marine, sa voisine, mais cela te va bien.

Gaspard fait semblant de ne pas les entendre et continue son chemin sans leur répondre. Il n'a aucune envie de perdre la bonne humeur qui l'habite. De toute façon, il se moque bien de ce que peuvent penser les sixièmes. Il espère seulement que ses camarades de classe seront un peu plus discrets et gentils dans leurs commentaires.

Question discrétion, cependant, c'est plutôt raté. Quand ses amis l'aperçoivent, ils se précipitent tous vers lui pour l'entourer en s'exclamant qu'il est beau, qu'il est magnifique, qu'il est superbe, etc. Gaspard se sent rougir de plaisir. « Quel bel accueil ! » se dit-il.

Par contre, Shanti, elle, n'apprécie pas vraiment toute cette attention. Les amis de Gaspard les encerclent en lui souriant. Certains la complimentent sur sa belle tenue, d'autres lui caressent les cheveux ou lui pincent gentiment une joue. D'autres encore lui font des grimaces pour la faire rire, mais Shanti ne trouve pas ça drôle du tout et n'aime pas qu'on la touche ainsi. Elle lâche bien vite la main de Gaspard pour aller se réfugier dans les bras de maman.

Heureusement, la cloche sonne le début des cours. Dans un véritable brouhaha, Gaspard et ses amis rejoignent

leur salle de classe, suivis de maman et Shanti, qui est encore accrochée au cou de sa mère.

Après avoir réclamé le silence et souhaité le bonjour à tout le monde, madame Sophie invite Gaspard à la rejoindre au tableau. Le cœur battant, les mains moites et le rouge aux joues, Gaspard s'avance devant l'assemblée silencieuse. Avant de commencer, il demande à Shanti si elle veut venir se joindre à lui au tableau, ce qu'elle accepte volontiers.

—Bonjour, commence Gaspard en se raclant la gorge. Aujourd'hui, je vais vous parler de ma petite sœur Shanti que voici. Shanti veut dire « paix » en sanskrit, une très ancienne langue de l'Inde qui n'est plus parlée aujourd'hui. Ma sœur aura bientôt deux ans, mais cela fait seulement quelques mois qu'elle est arrivée dans notre famille. Mes parents sont partis l'adopter en Inde, où elle est née, dans un petit village très pauvre. Sa naissance n'a pas été un heureux événement comme une naissance devrait l'être normalement. Vous savez pourquoi ? demande Gaspard à son auditoire attentif.

—Non, répondent plusieurs.

—Parce qu'elle avait une maladie ? tente Antoine.

—Parce qu'elle était vraiment trop laide ? lance à la blague Léo, le boute-en-train de la classe.

—Peut-être qu'en Inde il ne faut pas montrer sa joie quand un bébé naît ? suggère Isabelle.

—Non, aucune de ces réponses n'est la bonne, reprend Gaspard, bien fier. Si elle avait été un garçon, ses parents auraient été enchantés et auraient fêté sa naissance, mais comme elle est une fille, ses parents ne voulaient pas d'elle, alors, ils...

—Mais pourquoi ? le coupe Léa, outrée.

—Parce qu'un jour, elle deviendra grande et se mariera, explique Gaspard. En Inde, quand une fille se marie, ses parents doivent offrir beaucoup de cadeaux aux parents du marié. C'est ce qu'on appelle la dot.

Gaspard se lance dans de longues explications sur le système de dot et ses désastreuses conséquences. Ses camarades sont perplexes et l'écoutent attentivement, l'interrompant seulement pour poser une ou deux questions.

Gaspard enchaîne ensuite sur sa propre expérience de voir débarquer une petite étrangère dans sa famille. Il raconte la longue attente des démarches d'adoption et tous les mois passés à espérer que ses parents partent enfin chercher la petite Shanti qui les attendait en Inde. Il fait bien rire ses amis en leur racontant qu'au retour de ses parents, il avait brusquement perdu toute envie de rencontrer la fameuse petite sœur. Alors que Shanti était finalement arrivée à la maison, il n'en voulait plus et s'était fabriqué une épaisse carapace pour ne pas se laisser attendrir par elle.

—Mais pourquoi? lui demande Antoine, qui n'avait jamais eu de réponse à cette question, la première fois qu'il l'avait posée à Gaspard.

—Parce que j'avais peur. Tout simplement peur, répondit Gaspard un peu mal à l'aise en se tortillant les mains.

—Peur? Mais peur de quoi, au juste? demande à son tour Léo. Peur qu'elle ne t'ensorcèle avec ses beaux grands yeux noirs? Ou peut-être avais-tu peur de tomber amoureux d'elle? ajoute-t-il en faisant rire toute l'assemblée, comme à son habitude.

Après avoir attendu que chacun reprenne son sérieux, Gaspard explique très honnêtement à ses camarades qu'il avait eu peur de perdre sa place dans sa famille ; qu'il avait craint que ses parents ne l'aiment plus, ou du moins, plus autant qu'avant l'arrivée de Shanti.

— Mais maintenant, je sais que mes parents ont chacun un très grand cœur et qu'il y a suffisamment de place pour trois enfants. Depuis que j'ai compris ça, moi aussi, j'ai fait de la place dans mon cœur pour Shanti et je peux vous dire que ça en valait vraiment la peine ! C'est tellement chouette d'avoir une sœur ! J'ai déjà hâte qu'elle grandisse pour lui apprendre plein de choses : faire de la planche à neige, l'emmener à la pêche, lui apprendre à bricoler, etc. Maintenant, Shanti, je l'aime autant que mon petit frère, Édouard, même si elle est née à l'autre bout du monde et que son sang n'est pas le même que le nôtre. Elle fait désormais partie de ma famille et pour toujours !

L'exposé qui devait durer cinq à dix minutes se poursuit pendant une bonne demi-heure. Gaspard ne voit pas le temps passer tant il a du plaisir à parler de Shanti et à répondre aux nombreuses questions. Puis, il voit la fierté qui se lit sur le visage de sa mère placée au fond de la classe, et cela l'emplit de bonheur. Il est fier d'avoir réussi son coup : ses amis sont captivés par son exposé, son enseignante semble très satisfaite de son travail, sa maman sourit aux anges en l'écoutant et Shanti le regarde avec admiration. Que pourrait-il demander de plus ?

— Pour terminer, dit Gaspard, je sais que, lorsque je serai grand, quand je serai un homme, un papa, j'irai à mon tour en Inde et j'adopterai une petite fille, qui ressemblera à ma sœur, qui deviendra alors sa tante. Et j'espère sérieusement vous avoir donné l'envie de le faire, vous aussi, dit-il en guise de conclusion.

Sous les applaudissements et les acclamations de toute la classe, Gaspard prend Shanti dans ses bras et retourne à sa place le sourire aux lèvres.

« C'est vrai que ma vie a bien changé depuis que Shanti est devenue ma petite sœur, songe-t-il en la regardant lui sourire à pleines dents, mais elle a changé pour le mieux ! Shanti m'a transformé et, grâce à elle, je sais maintenant ce que je voudrai faire dans la vie plus tard : je deviendrai conférencier et parlerai du sort des petites filles indiennes. Ma vie ne sera plus jamais la même, et finalement, c'est très bien comme ça ! »